YASMIN

la
fashionista

escrito por
SAADIA FARUQI

ilustraciones de
HATEM ALY

PICTURE WINDOW BOOKS
a capstone imprint

A Mariam por inspirarme, y a Mubashir
por ayudarme a encontrar las palabras
adecuadas — S.F.

A mi hermana, Eman, y sus maravillosas
niñas, Jana y Kenzi — H.A.

Publica la serie Yasmin por Picture Window Books,
una imprenta de Capstone,
1710 Roe Crest Drive
North Mankato, Minnesota 56003
www.capstonepub.com

Texto © 2020 Saadia Faruqi
Ilustraciones © 2020 Picture Window Books

Translated into the Spanish language by Aparicio Publishing

Los datos de CIP (Catalogación previa a la publicación, CIP) de la Biblioteca
del Congreso se encuentran disponibles en el sitio web de la Biblioteca.

ISBN 978-1-5158-4664-2 (hardcover)
ISBN 978-1-5158-4699-4 (paperback)
ISBN 978-1-5158-4683-3 (eBook PDF)

Resumen: ¡Yasmin está aburrida! Pero al ver la ropa preciosa en el armario
de Mama, su tarde aburrida se convierte en un elegante desfile de moda,
hasta que... ¡UY! ¡El kameez de Mama se dañó! ¿Podrán arreglarlo Yasmin
y Nani antes de que Mama regrese a casa?

Editora: Kristen Mohn
Diseñadora: Aruna Rangarajan

Elementos de diseño:
Shutterstock: Art and Fashion

Impreso y encuadernado en los Estados Unidos de América.
PA71

CONTENIDO

Capítulo 1

El armario

Yasmin estaba aburrida. Muy, muy aburrida.

—¿Cuándo volverán a casa Mama y Baba? —les preguntó a sus abuelos—. Estoy cansada de hacer manualidades. Ya hice tres pulseras y una corona.

Nani levantó la vista de su costura. —Acaban de salir, Yasmin. Ten paciencia. Tienen derecho a disfrutar de una cena en un buen restaurante, ¿no?

Yasmin frunció el ceño. —Prometieron que me traerían postre. ¡Espero que no lo olviden!

Nana levantó su libro. —Ven.

¿Quieres leer este libro conmigo?

—No, gracias —dijo Yasmin

y se alejó.

Entró en la habitación
de Mama y de Baba. Algo
brillante le llamó la atención.

Yasmin se metió en el enorme
armario. Había ropa de colores
brillantes. Un kameez de satén,
hijabs de seda y saris con cuentas.

¡Era como un arcoíris
que daba vueltas alrededor
de la habitación!

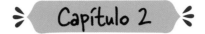

Capítulo 2

Un accidente

Yasmin no se pudo aguantar.

Tenía que probarse el kameez nuevo

que había visto. Dio una vuelta con

los brazos extendido y cerró los ojos.

—¿Qué está pasando aquí?

—preguntó Nani.

Yasmin abrió los ojos, sorprendida.

—Nani, ¡esto te quedaría genial! —Le puso un hijab a Nani en la cabeza. Le puso un chal por encima de los hombros—. ¡Ahora las dos somos fashionistas!

Nani sonrió. —Me queda bien, ¿no?

Cada vez se reían más y daban más vueltas, hasta que...

¡UY!

Nani se tropezó. Pisó el kameez que se había puesto Yasmin. ¡Oh, no! ¡Se rasgó!

—¿Qué voy a hacer ahora? —gritó Yasmin.

Yasmin se quitó el kameez. Nani

vio la rasgadura. —No te preocupes.

Yo se lo explicaré a tu mamá. Todo

va a salir bien. Lo puedo arreglar

con la máquina de coser.

Pero la tela era demasiado gruesa. La aguja de la máquina de coser se rompió.

—Yo puedo arreglar esa máquina de coser —dijo Nana—. En cuanto encuentre mis lentes . . .

Capítulo 3

La alfombra roja

Nana y Nani estaban ocupados arreglando la máquina de cosas. Mama y Baba estaban a punto de llegar. Yasmin no sabía qué hacer.

Se puso el pijama. Arregló su mesa de manualidades. Entonces, se le ocurrió una idea.

—¡Ya sé cómo arreglar

el kameez! —gritó Yasmin mostrando

una pistola de pegamento.

Nana intentó pegarlo

con la pistola y... ¡funcionó!

Entonces a Yasmin se le

ocurrió otra idea. Sacó las

plumas, los pompones y unos

trozos de tela de su caja de

manualidades. Cortó, recortó

y lo pegó todo en su pijama.

Ahora parecía la cola de un

pavo real, brillante y colorida.

Como el kameez de Mama.

Oyeron el auto de Baba

afuera. —¡Están aquí! —gritó

Yasmin—. ¡Vamos a darles

una sorpresa!

Cuando Mama y Baba entraron, todo estaba oscuro y en silencio. Entonces Nana prendió el interruptor. ¡Luces! ¡Música!

—¡Bienvenidos al desfile de moda de Yasmin! —dijo Nana—. ¡Por favor, prepárense para admirar a nuestras fashionistas!

Yasmin entró y puso una pose. Su pijama brillaba. Sus pulseras tintineaban. Después entró Nani con un hijab de colores.

Yasmin y Nani desfilaron

de un lado a otro sobre la alfombra,

con cuidado de no caerse.

Nani saludaba como una reina.

Mama aplaudía al ritmo

de la música. Nana tomó fotos.

Baba gritaba: —¡Increíble! ¡Increíble!

Yasmin sonrió e hizo
una reverencia. Después se sentó
en el sofá entre Mama y Baba.

—¡Estoy muerta de hambre!
—dijo—. ¿Me trajeron algo
de postre?

Piensa y comenta

* Yasmin juega a vestirse con su abuela. ¿Qué juegos y actividades te gusta hacer con tu familia?

* Yasmin y Nani rasgaron por accidente el kameez de Mama. Lo arreglaron y decidieron decírselo cuando Mama regresara. ¿Qué harías tú si te pasara eso?

* Hay momentos en los que todos estamos aburridos. Haz una lista de cinco cosas que puedes hacer la próxima vez que estés aburrido o aburrida.

¡Aprende urdu con Yasmin!

La familia de Yasmin habla inglés y urdu.
El urdu es un idioma de Pakistán.
¡A lo mejor ya conoces palabras en urdu!

baba—padre

hijab—pañuelo que cubre el cabello

jaan—vida; apodo cariñoso para un ser querido

kameez—túnica o camisa larga

mama—mamá

naan—pan plano que se hace en el horno

nana—abuelo materno

nani—abuela materna

salaam—hola

sari—vestido que usan las mujeres en Asia del Sur

Datos divertidos de Pakistán

Yasmin y su familia están orgullosos de su cultura pakistaní. ¡A Yasmin le encanta compartir datos de Pakistán!

Localización

Pakistán está en el continente de Asia, con India en un lado y Afganistán en el otro.

Capital

La capital es Islamabad, pero la ciudad más grande es Karachi.

Islamabad

PAKISTAN

Ropa

La ropa nacional de los hombres y las mujeres de Pakistán es el shalwar kameez. El shalwar son unos pantalones holgados y el kameez es una túnica larga.

Poesía

El poeta nacional de Pakistán es Allama Iqpal. Fue una persona importante en la literatura urdu.

Haz un kameez para atrapar el sol

MATERIALES:

- papel de seda
  u otro papel liviano
- lápiz
- marcadores
  o lápices de colores
- tijeras

PASOS:

1. Pon el papel encima de esta página y traza el kameez.

2. Haz un diseño en el papel con marcadores o lápices de colores que se repita en el cuello, la parte de abajo y las muñecas.

3. Colorea el resto del kameez con otro diseño.

4. Recorta tu kameez y pégalo en la ventana con cinta adhesiva ¡para que atrape la luz del sol!

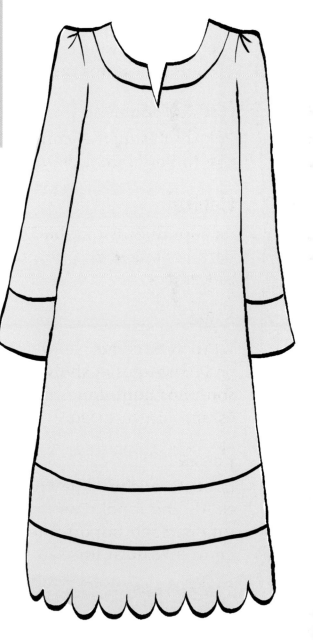

Saadia Faruqi es una escritora
estadounidense y pakistaní, activista
interreligiosa y entrenadora de sensibilidad
cultural que ha salido en la revista
O Magazine. Es la autora de la colección
de cuentos cortos para adultos *Brick Walls:
Tales of Hope & Courage from Pakistan*
(Paredes de ladrillo: Cuentos de valentía
y esperanza de Pakistán). Sus ensayos
se han publicado en el *Huffington Post,
Upworthy* y *NBC Asian America*. Reside
en Houston, Texas, con su esposo
y sus hijos.

Hatem Aly es un ilustrador nacido
en Egipto. Su trabajo ha aparecido en múltiples
publicaciones en todo el mundo. En la actualidad
vive en el bello New Brunswick, en Canadá,
con su esposa, su hijo y más mascotas que
personas. Cuando no está mojando galletas
en una taza de té o mirando hojas de papel
en blanco, suele estar dibujando libros. Uno
de los libros que ilustró es *The Inquisitor's Tale*
(El cuento del inquisidor), escrito por Adama
Gidwitz, que ganó un Newbery Honor y otros
premios, a pesar de los dibujos de Hatem
de un dragón tirándose pedos, un gato
con dos cabezas y un queso apestoso.

¡Acompaña a Yasmin en todas sus aventuras!

Descubre más en